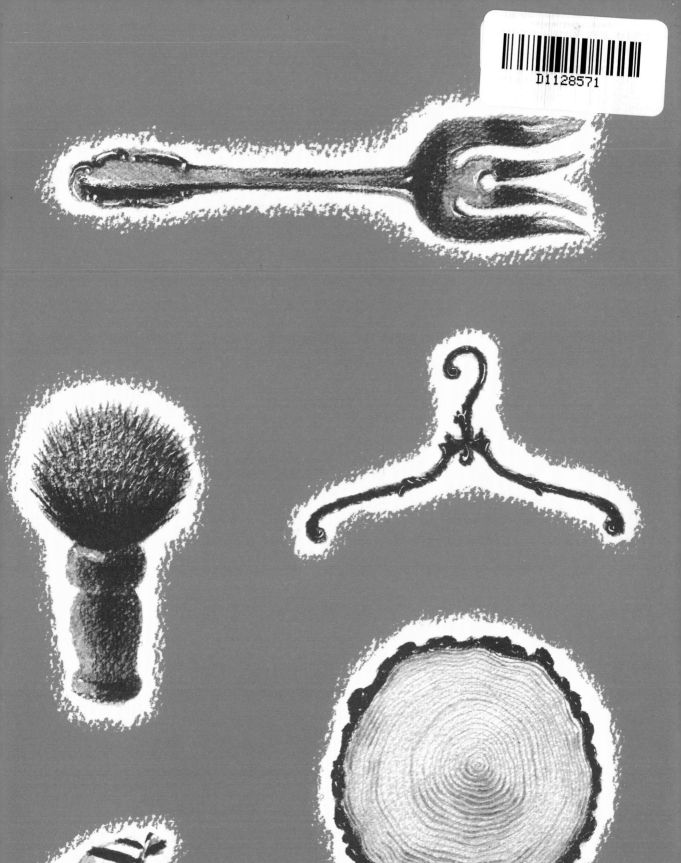

La merienda en el bosque

Título original: *Mori no Oku no Ochakai e*

© 2010 Akiko Miyakoshi

Traducción: Ritsuko Kobayashi
Diseño: Rodrigo Morlesin
Cuidado editorial: Pilar Armida

Publicado por primera vez en Japón en 2010 por KAISEI-SHA Publishing Co., Ltd.

Esta edición se ha publicado según acuerdo con KAISEI-SHA Publishing Co., Ltd., a través de Japan Foreign-Rights Centre / Ute Körner Literary Agent, S.L. www.uklitag.com

D.R. © Editorial Océano, S.L.
Milanesat 21-23, Edificio Océano
08017 Barcelona, España
www.oceano.com

D.R. © Editorial Océano de México, S.A. de C.V.
Blvd. Manuel Ávila Camacho 76, piso 10
11000 México, D.F., México
www.oceano.mx
www.oceanotravesia.mx

Primera edición: 2013

ISBN: 978-607-400-900-2
Depósito legal: B-29661-LVI

IMPRESO EN ESPAÑA/*PRINTED IN SPAIN*

9003795010114

La merienda en el bosque

Akiko Miyakoshi

OCEANO travesía

Ha dejado de nevar.

El papá de Kiko se dirige a casa de la abuela. Va a limpiar la nieve que cayó durante la noche.

—¡Mira, mamá! Papá olvidó el pastel —dice Kiko.
La caja está sobre la silla del recibidor.
—Oh, cariño. Quería que tu papá se lo llevara a la abuela.

—Si salgo ahora, podré alcanzarlo.

—¿Vas a ir tú sola?

—¡Claro! ¡Seguro que puedo!

—Bueno, entonces date prisa.

La abuela de Kiko vive al otro lado del bosque.

Kiko encuentra las huellas de su papá sobre la nieve;
aún están frescas.

Crunch, crunch, crunch. La nieve se hunde bajo sus pies
mientras sigue el sendero trazado por las botas de su papá.

El bosque está quieto y callado.

Al cabo de un rato, Kiko ve la silueta de alguien que viste
un abrigo negro.

—¡Es papá! —exclama, y se echa a correr.

Pero, de repente, ¡zaz!, tropieza y cae.

—Oh, no...
El pastel se ha estropeado.
Kiko quiere llorar, pero ve que su papá se aleja cada
vez más. Así que toma la caja, se levanta y corre
de nuevo tras él.

Cuando cree haberlo alcanzado, su papá entra
en una casa que ella nunca ha visto antes.
   Kiko se asoma por una de las ventanas. Casi
no puede creer lo que ve...

No ha estado siguiendo a su papá,
¡sino a un gran oso!

—¿Tú también vienes a merendar?

—pregunta una voz.

Kiko voltea. A unos pasos, la observa una oveja.

—Ven, querida. Entremos.

La oveja toma la mano de Kiko y la conduce
al interior.

Cuando Kiko entra, la música se detiene repentinamente. Todos los animales voltean a verla.

—Ho... ho... hola —saluda Kiko.
Los animales se levantan para recibirla.
—¡Bienvenida! —gritan al mismo tiempo.

Luego conducen a Kiko a la mesa.

—Debes haber tenido frío allá afuera. Ven, caliéntate un poco.

—Estábamos a punto de servir el té, ¡llegaste justo a tiempo!

—Mi nombre es Kiko —dice.
Su corazón late rápidamente.

—Iba camino a casa de mi
abuela. Quería llevarle el pastel
que mi papá olvidó.

—¿Ibas tú sola?

—¡Qué valiente!

—Tu abuelita se sentirá muy orgullosa de ti.

Los animales felicitan a Kiko. Ella se siente un poco avergonzada, pero muy contenta.

—¿Viniste caminando? —continúan.

—Por favor, come un trozo de pastel.

—¡Qué bonita falda traes puesta!

Todos los animales hablan al mismo tiempo. Quieren conversar con la nueva invitada.

Una pequeña coneja le pregunta:
—¿Éste es el pastel que le llevabas a tu abuelita?
Kiko asiente y se entristece.
—Sí, ése es. Pero me caí y lo arruiné.
Los animales se miran unos a otros.

—Si es pastel lo que quieres, ¡tenemos mucho! —dicen
con entusiasmo.

Cada uno sirve una rebanada de su propio pastel
en el plato de Kiko.

Los pasteles están hechos con semillas, nueces y frutos
del bosque.

Kiko está tan emocionada que no aguanta las ganas
de dárselo a su abuela.

—Se lo llevaré de inmediato —dice.

—¡Vamos, vamos, vamos todos! —corean los animales.

El bosque, antes quieto y callado, se llena con el barullo de los animales. Todos marchan en fila hacia la casa de la abuela.

—¡Es por allá! —grita uno, confiando en su agudo olfato para seguir el rastro del papá de Kiko.

Al fin, llegan a casa de la abuela.
Kiko alza la voz y grita:
— ¡Abuela! ¡Papá! ¡Traje el pastel!

La abuela abre la puerta. Parece sorprendida.

—¡Kiko! ¿Viniste tú sola?

Kiko mira a su alrededor. Los animales han desaparecido.

—Pero...

—Entra, querida —dice su abuela—; no queremos
congelarnos aquí afuera.

Kiko está muy agradecida con sus nuevos amigos.

—Gracias —susurra.

—¡Pero Kiko! —exclama su abuela—. ¿De dónde sacaste
este maravilloso pastel?

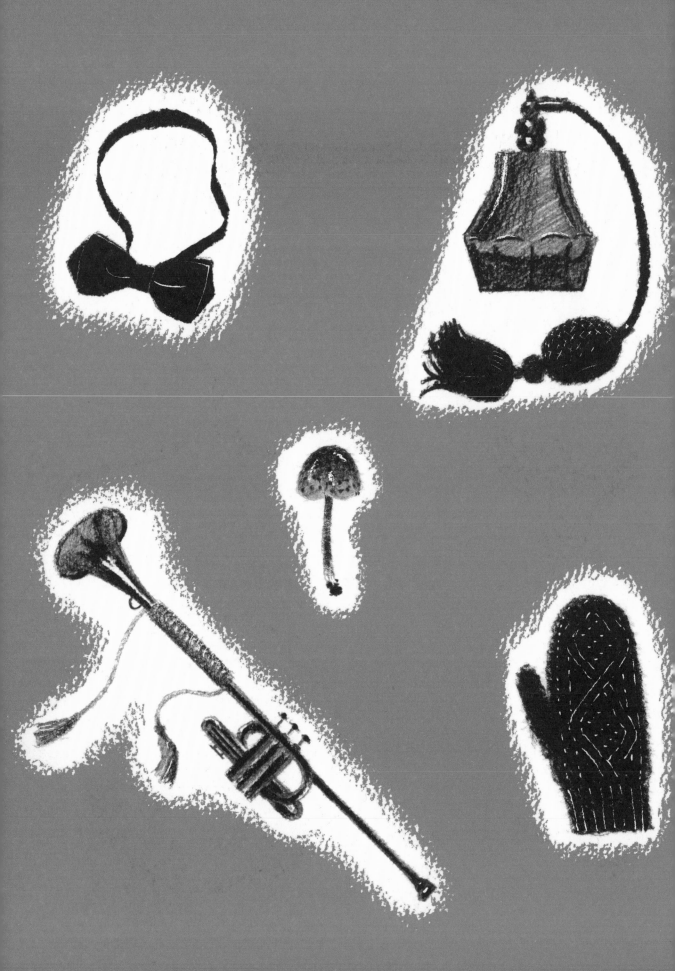